AUGUSTE VACQUERIE

PAR

SWINBURNE

PARIS

MICHEL LÉVY FRÈRES, ÉDITEURS
RUE AUBER, 3, PLACE DE L'OPÉRA

LIBRAIRIE NOUVELLE
BOULEVARD DES ITALIENS, 15, AU COIN DE LA RUE DE GRAMMONT

1875

Maurice Barrès

Decembre 82

AUGUSTE VACQUERIE

Le grand poëte Swinburne vient de publier dans une des principales revues anglaises, l'*Examiner,* l'étude suivante, que nous nous sommes empressé de traduire, comme ayant le double intérêt d'être d'un écrivain illustre et de montrer comment les écrivains français sont appréciés en Angleterre.

E. L.

Paris. — J. CLAYE, imprimeur, 7, rue Saint-Benoît. — [2168]

AUGUSTE VACQUERIE

PAR

SWINBURNE

———

PARIS

MICHEL LÉVY FRÈRES, ÉDITEURS
RUE AUBER, 3, PLACE DE L'OPÉRA
——
LIBRAIRIE NOUVELLE
BOULEVARD DES ITALIENS, 15, AU COIN DE LA RUE DE GRAMMONT
1875

AUGUSTE VACQUERIE

---

*

S'il est une vérité répandue, indiscutable, aux yeux des hommes « pratiques », et consacrée par le consentement de toutes les autorités depuis Platon, c'est bien celle-ci : que la nature des poëtes est essentiellement et incurablement incompétente pour saisir ou apprécier justement les choses les plus simples de la vie publique ou de la politique. Des ailes, ils peuvent en avoir ; mais

des pieds pour marcher droit, des yeux pour voir
clair, des mains pour travailler dur à la terre
commune et dans l'air commun de la réalité, voilà
qui est impossible. Ils ne sont bons, comme
chacun le sait, qu'à être couronnés et chassés à
la fois par les mêmes mains; la juste reconnais-
sance de leurs concitoyens les doit honorer et
tenir à bonne distance.

Je regrette que ceux qui ont cette opinion, —
dans laquelle je me permets de ne voir qu' « un
petit chien qui amuse une vieille femme », bien
que ce soit l'opinion de Platon et que, comme on
sait encore, « Platon ne se trompe pas, — je regrette qu'ils ne poussent pas leur raisonnement à
sa conséquence logique : ils ne devraient pas se
contenter de dire que tous les poëtes sont in-
capables et inutiles; moi, je complète cette
opinion si judicieuse en disant que tous les
hommes d'une inaptitude évidente et d'une incapacité notoire pour tout ce qui est service
public, pour tout ce qui est utile au pays, sont
des poëtes.

D'après cette théorie, quelle moisson exu-

bérante d'Homères, de Dantes, de Shakespeares,
— les plus grands de ceux de leur sorte, — n'a
pas dû produire de tous côtés notre belle époque !
Quelle voie lactée de grands poëtes doit répandre,
à l'heure qu'il est, sa lumière bienfaisante et douce
sur l'Angleterre et sur la France ! Sans parler de
ces puissants poëtes de l'Océan, nos lords de l'ami-
rauté, ces phares gardiens et conducteurs de
notre honneur naval à travers les brumes et les
glaces de « la nuit aveugle des mers sans étoiles »,
— quel poëte admirable la France a perdu par le
suicide inattendu de M. Beulé ! Par pitié pour son
pays, que ne réservait-il ce dénoûment tragique
pour la scène ! La France, heureusement, a de
quoi combler le vide que cette mort a fait dans
son personnel poétique : elle peut nous montrer
avec une fierté joyeuse la splendide épopée de son
de Broglie et les effusions lyriques de son Buffet.
Et plus bas, parmi les satellites des gros soleils,
est-ce que nous n'admirons pas bucoliquement la
planète Ducros? Et par dessus tout, si l'inconsé-
quence, le désordre, l'incapacité dans le maniement
des affaires sont réellement la marque souveraine

2

et le sceau du génie poétique, quelle dynastie de
poëtes on avait dans cette race qui a sombré au
milieu de la vapeur fétide d'une ignominie éter-
nelle quand la vessie de l'empire, gonflée pendant
vingt années de bruit et de honte, éclata une fois
pour toutes à Sedan ! Et quel poëte souverain que
le souverain qui mourut à Chislehurst, quand
fut mûre toute la moisson du mépris de l'hu-
manité et de l'indignation de l'histoire, et que
l'heure fut venue pour l'empereur de suivre l'empire ! « Quel artiste périt en moi ! » gémit le
premier Néron, quand sa main tremblante ap-
prochait le couteau de sa gorge. En cela, comme
en d'autres points, s'il y avait quelque chose
de vrai dans cette théorie qui veut identifier la
puissance poétique avec l'impuissance politique,
le lâche fils d'Agrippine aurait trouvé un imita-
teur et un parodiste, dans le lâche rejeton d'Hor-
tense.

Je demande pardon à la mémoire du tyran
romain — qui, du moins, n'avait pas obtenu
l'empire par le plus exécrable de tous les par-
jures, ni au prix d'aucune vie humaine que celle

d'un autre empereur, — je lui demande pardon d'un parallèle qui peut offenser même Néron ! Et maintenant je parle sérieusement.

Car j'ai à signaler la hardiesse avec laquelle un poëte vivant, un poëte d'une haute valeur et dont le nom restera, a, une fois de plus, démenti, par des faits et non par des mots, la doctrine de Platon.

*

Le poëte ne fait qu'un avec le citoyen : voilà
une vérité qui n'a jamais été plus fièrement ni
plus triomphalement établie que par l'œuvre de
M. Auguste Vacquerie, fruit de longues années
d'un noble labeur.

C'est sans aucun sentiment de surprise que nous
trouvons dans son dernier livre, *Aujourd'hui et
Demain,* un audacieux assaut donné à l'opinion
favorite des gens positifs sur la nature et les apti-
tudes des poëtes. Ce qu'il y a peut-être de plus
remarquable dans son livre, ce n'est ni la force,
ni la grâce, ni l'exécution brillante, ni la satire
« dont l'esprit aigu fait une telle blessure que la
lame reste dans la plaie », et où nous admirons
la vigueur souple, l'adresse parfaite et le poignet
du tireur qui a porté la botte ; ni les aspirations
hautes et douces, ni le profond et humain amour

de la justice, dame et maîtresse « si cruellement aimée » par les meilleurs d'entre les hommes ; ni la passion héroïque et la pitié. dont le souffle rafraîchissant emplit chaque page ; car toutes ces qualités, on peut supposer que philosophes et politiques de profession concèdent que les poëtes peuvent les avoir ; mais c'est — qu'ils le veuillent ou non — la solidité du bon sens, le rayonnement direct de la raison qui illumine et soude ensemble toutes les parties de l'édifice, éclairant toutes les perspectives, mettant en relief tous les principes.

Rien de vague, rien de nuageux, rien d'indécis. Nous sommes aussi loin qu'on peut l'être du pays des à-peu-près et des ombres. Aucun homme sincère, que ses vues et ses espérances se retrouvent ou non dans les fins et moyens du livre, ne peut nier que ces moyens et ces fins ne soient pratiques, intelligibles et logiques.

Ouvrez le livre et lisez au hasard ; regardez si le sujet traité a quelque intérêt particulier pour vous, et cherchez ce que l'auteur peut avoir dit sur quelque matière que ce soit d'un intérêt actuel qu'il vous plaira de choisir parmi la liste variée des matières qu'il a maniées et pesées. Vous pouvez être partisan de la peine de mort, monarchiste absolu ou constitutionnel, ou bien clérical hostile à l'enseignement vraiment libre, — vous ne pourrez cependant dire que cet adversaire de vos opinions les ait attaquées à l'aide de déclamations vaines ou exagérées, ni qu'il les ait abordées autrement que par un exposé simple et irréprochable, ni qu'il les ait considérées sous un autre jour que celui qui leur est propre ou dans un milieu qui puisse en changer les couleurs, en altérer les lignes naturelles.

Dans chaque espèce, il cite à la barre, non pas des imaginations, ni des conséquences ou des probabilités que l'œil de son esprit perçoive capricieusement, mais bien des faits que vous ne pouvez contester, des faits pertinents, flagrants, évidents.

Vous pouvez ne pas accepter la nécessité de ses conclusions, mais vous ne pouvez contester la validité de ses prémisses. Les choses sont-elles ainsi, oui ou non? Et si elles sont ainsi, sont-elles

bonnes ou mauvaises, justes ou injustes? Le fait,
l'évidence, la raison, la rectitude, voilà les autorités qu'il invoque, voilà les pierres de touche
qu'il applique à la matière qu'il tient, voilà les
témoins qu'il cite pour admettre ou récuser ;
ceux-là seuls, et nulle part le sentiment, la théorie, la passion ou le préjugé. Et ce n'est que lors-
qu'il a ainsi éprouvé et témoigné, qu'il apporte
dans le débat toutes les forces de son habile élo-
quence, toute l'ardeur et toute l'acuité de son
esprit.

S'il est au monde une classe d'écrivains à qui
l'opinion générale refuse l'attribution de cette
qualité, la raison, c'est bien la classe disgraciée
et déshéritée des poëtes ; s'il est en Europe un
parti politique à qui on la dénie habituellement et
dédaigneusement, c'est bien le parti républicain
et radical en France. Aussi avons-nous été dou-
blement soigneux de signaler tout d'abord la pré-
sence et la prédominance de cette inestimable
qualité de la raison dans le nouvel ouvrage de l'un
des plus purs républicains, de l'un des poëtes les
plus ardents de ce siècle et de tous les temps.

D'un tel écrivain, s'il y avait seulement un grain
de vérité et de bon sens dans le verbiage des
« gens pratiques » et dans leur banale objection,
nous aurions pu attendre un enthousiasme débor-
dant et vide, des mots, des protestations, des cla-
meurs d'improvisation hystérique, des hurlements
de colère, de vagues appels lyriques à des principes abstraits, une tragique et criarde dénoncia-
tion des choses à combattre ; l'auteur a été cruellement indélicat et inconvenant envers ces gens en
ne montrant rien de tout cela, et en faisant preuve,
au contraire, de sa puissance à voir clairement et
à saisir résolûment la racine et le fruit, les com-
mencements et les suites de tous les problèmes
politiques ou sociaux qu'il a eu à démontrer et à
discuter. La force et le tranchant de ce style
pénétrant et bien trempé, l'estoc et la taille de
cette prose vivante et virile, qui peut être com-
parée, pour ces grandes qualités, plutôt aux vers
de Dryden qu'à aucun autre style que je puisse
trouver dans la littérature anglaise, il ne les
emploie jamais qu'où le but l'exige, que pour le
rapide et loyal service de l'utilité immédiate. Cette

vitale et lumineuse propriété de la langue, appliquée ici aux plus graves matières des préoccupations du jour, avait déjà trouvé une aussi libre carrière dans l'étincelante et incisive sagesse et dans l'esprit des *Profils et Grimaces*, dans la mordante force dramatique et dans la vigoureuse variété des *Miettes de l'Histoire*.

*

Je ne connais qu'incomplétement les premières poésies d'Auguste Vacquerie. Ce que j'en ai lu a été suffisant pour me montrer l'habileté précoce de l'écrivain dès son début, la vigueur et la souplesse de son vers magistral se pliant à toutes les impressions de son âme ; j'y ai vu la sûreté et l'élévation de son but, sa ferveur sincère et sa clairvoyante aspiration. Ses yeux étaient déjà levés vers les plus hauts sommets de la poésie. Dès son commencement, il était entraîné à courir, comme les coursiers antiques, un double prix. Il mit *Antigone* sur la scène moderne, non pas à la mode de Racine, mais selon Sophocle ; pas un pli du vers marmoréen du chœur antique ne fut changé ; pas une tresse de la coiffure funèbre d'Antigone ne fut dérangée. A côté de cette figure sacrée, ranimée et transfigurée, mais non déna-

turée, il lâcha son *Tragaldabas,* démuselé et mal
peigné, lequel eut le double honneur d'être insulté
par des bouches obscures et applaudi par des
mains illustres qui travaillaient au même champ
de l'art. Cette composition complexe, où la bouf-
fonnerie extrême se mêle à une intrigue gracieu-
sement romantique, rappelle ces enfants du génie
de Shakespeare engendrés par l'union de l'esprit
vigoureux et de la fantaisie lyrique, et, dans un
drame moderne, nous donne l'équivalent de ce
qu'aurait pu être le drame satirique des Grecs,
s'il nous restait quelque modèle plus large et plus
puissant à étudier que le seul et dernier rejeton
du génie d'Euripide.

Dans ce poëme comique et poétique où éclate
le large et lumineux sourire de son jeune génie,
Auguste Vacquerie a montré, je n'hésite pas à le
dire, autant d'affinité avec l'esprit de l'ancienne
Grèce que dans sa chaste et sévère gravure d'après
le dessin de Sophocle. Il est certain que ce mélange du comique outré et violent, tantôt avec
des passages plus graves, tantôt avec de tendres
et lumineux intermèdes poétiques, devait mériter

les bravos de tout auditoire capable de goûter le
beau, le puissant et l'excellent de chaque genre
combinés ensemble, ce qui est le propre de la
comédie poétique dans ses moments de complète
liberté. La situation qui fait le fond du poëme,
cette situation de don Eliseo prenant un soin
si passionné de la précieuse existence de Tragaldabas, ne pouvait être mise à la scène que
par un poëte comique d'un génie neuf et personnel.

*

Je choisirai, dans les dernières œuvres dramatiques d'Auguste Vacquerie, l'espace me man-
quant, deux pièces, pour rappeler rapidement la
grâce parfaite, la vivacité brillante et l'art délicat
de cette comédie-poëme : *Souvent homme varie,*
et la profondeur de la passion qui remplit les
Funérailles de l'Honneur, ce drame si tragique,
si original, si mélancolique, dont la catastrophe
contient un si grand symbole, et qui, par l'impres-
sion pure et élevée qu'il laisse, par la subor-
dination de la matière à l'idéal qu'il met en
lumière, et par son dénoûment si imprévu et si
grandement étrange, peut être comparé à l'incomparable *Cœur brisé* de Ford. Ceci mérite d'être
remarqué et signalé que Victor Hugo et son plus
grand disciple — disciple n'a ici aucun sens d'in-
fériorité, mais bien un sens filial s'appliquant au
poëte plus jeune vis-à-vis de l'aîné — auront été
les deux principaux et même les seuls poëtes de

notre époque qui aient repris cette grande tradition
de l'honneur incarné dans une longue suite d'aïeux,
et aient célébré avec une sympathie supérieure
l'héroïsme de cette vieille loyauté qui ne veut sur
son blason d'autre tache que celle du sang. La
postérité ne trouvera que dans la bouche des
républicains, — confesseurs et martyrs des principes démocratiques qui peuvent seuls montrer
aujourd'hui un livre d'or de chevaliers et de héros,
champions de la croisade de l'avenir et pairs d'une
chevalerie aussi noble et plus utile que celle du
passé — ce n'est que sur leurs lèvres qu'elle trouvera l'exposition des fiers sentiments qui animaient
nos pères, leur vertu hautaine, leur délicate sensibilité en matière d'honneur, leur ardente notion
du droit. Ce ne sont pas les poëtes de cour qui
prendraient pour modèle la scène des portraits
dans *Hernani* ou le cercueil vide et préparé pour
recevoir autre chose qu'un corps dans les *Funérailles de l'Honneur*.

*

La clarté, la netteté et la précision du style, toujours au service du poëte pour le but qu'il s'est proposé, qu'il soit grave ou léger, dans l'intérêt général ou immédiat, c'est encore là un des remarquables caractères des ouvrages d'Auguste Vacquerie. L'art de la composition, qui fait que ceux qui étudient l'œuvre s'y attachent en même temps qu'il soutient l'harmonie de l'ensemble, me paraît encore plus également réparti dans ses derniers ouvrages que même dans *Tragaldabas*. L'habileté de main naturelle à l'artiste est maintenant dans tout son plein. Ses fruits sont plus mûrs et plus fermes, depuis le noyau sans défaut jusqu'à l'écorce sans tache. L'effet mesuré et croissant qui vous saisit n'est acheté au prix d'aucune défaillance, d'aucun écart hors de la route du drame. Cet heureux don n'est pas moins vi--

sible dans chacun des courts poëmes dramatiques
qui se dressent, comme de sombres floraisons d'aco-
nit ou de pavot, parmi les prairies verdoyantes et
les moissons dorées de ce beau recueil de vers qui
a pour titre : *Mes premières années de Paris*. Dans
l'une de ces pièces, la plus délicate peut-être comme
donnée, *Proserpine*, il faut remarquer avec quelle
habileté instinctive le poëte a écarté de son œuvre
tout prétexte à l'imitation, alors que le plan, dans
des mains moins vigoureuses, y aurait certainement
abouti. Ainsi, une double catastrophe qui d'une
part rappelle *Angelo* et de l'autre *la Coupe et les
lèvres* devient originale par un effort de combinai-
son et met l'auteur à l'abri de tout soupçon d'em-
prunt envers Hugo ou Musset. Ces petits drames,
pour l'intensité de la pensée, la chaleur de l'action
et l'émotion qui s'en dégage, peuvent être com-
parés aux études de M. Browning faites dans la
même forme. Il y a chez le poëte français comme
chez le poëte anglais une force chaleureuse, un
rapport entre le but et les moyens, une concen-
tration de grandeur et de pensée, qui caractéri-
sent nettement le génie de l'un et de l'autre.

Ce mélange des facultés dramatiques et philo-
sophiques est une preuve capitale de la puissance
dramatique dont l'auteur se trouve pourvu en
même temps que de toutes les ressources parti-
culières de cet art. L'écrivain à qui cette qualité
manque peut être un poëte et peut être un faiseur
de pièces, il peut savoir fouiller un caractère,
mais il ne sera jamais un auteur dramatique, pas
même en espérance.

Les lecteurs capables de traduire les vers français en anglais ne manqueront pas d'apprécier
dans le même livre la puissance et l'habileté de
main avec laquelle l'*Avénement d'Henri V* a été
traduit. La transfusion magistrale dans une autre
langue de la fameuse scène de Shakespeare entre
le prince et son père mourant est en plusieurs
passages d'une fidélité et d'une délicatesse de
touche presque miraculeuses. La vigueur souple
du vers égale en force et en précision la prose de
la traduction incomparable de ce fils de Victor
Hugo dont le labeur titanique dans « le champ
gigantesque de Shakespeare » ajoute un nouveau
lustre même au nom paternel, et à la mémoire

duquel Auguste Vacquerie a, dans son dernier
livre, rendu un hommage fraternel.

Le temps et l'espace m'empêchent d'acquitter
plus complétement le tribut qui est dû aux qualités supérieures des autres poëmes, d'insister
sur l'esprit, l'imagination, la douceur, l'énergie,
la force multiple et diverse et la vie universelle
qui s'en dégagent. Jamais la critique poétique
n'a été si brillante, si aiguë, ni d'une escrime si
savante que dans les pièces de *Mes premières
années de Paris* où la satire alterne avec la
louange ; jamais chants d'amour ou mornes élé-
gies ne furent d'un ton plus tendre ni plus élevé.
La véritable couronne, la perle de tout le livre
est, à mon sentiment, le poëme splendide et
coloré qui commence ainsi :

Oh ! quand du bord du bois où, dans l'épais feuillage...

Jamais plus de passion ne fut renfermée dans
une mélodie plus brûlante ; jamais les mots n'ont
mieux donné la forme et les traits au suprême
désir ; jamais du moule n'est sortie œuvre plus
pure, plus impeccable, plus alimentée dans la four-

naise du sentiment et de la poésie par le souvenir
et l'imagination, comme ces matériaux que Cellini
jetait dans le creuset quand il fondait son Persée
de sa main magistrale et palpitante.

Et de ces poëmes, fleurs funèbres répandues
sur des tombes jamais oubliées et impérissables
par-dessus tout dans toutes les mémoires qui
gardent deux existences aimées et unies, alliant le
nom du poëte à celui de son puissant maître en
poésie, que dire de plus que ce qui en a été dit?
Que, même après le quatrième livre des *Contem-
plations*, ils peuvent être lus avec la sublime
jouissance de la poésie et l'admiration de cette
puissance du poëte, qui peut aiguiser et adoucir
la sensibilité la plus vive par la possession et
l'exaltation de l'esprit.

*

Qu'un tel homme ait écrit un livre tel que celui qu'il vient de nous donner, ce fait est par lui-même un commentaire suffisamment significatif de cette doctrine qui veut chasser les poëtes de la place publique et leur interdire de servir le pays. Le grand cœur qui a relevé le défi de la destinée,

Trouvant la chute belle et le malheur propice,

bat içi et brûle à chaque vers. Et ces paroles immortelles de haut et paternel témoignage qui saluèrent l'aurore d'un long exil volontaire si noblement partagé et soutenu, peuvent être lues une fois de plus avec une signification et un intérêt nouveaux.

Un nouvel à-compte a été payé sur la grande dette d'un fils fidèle envers la mère patrie. Il n'y a pas une page dans ce livre, *Aujourd'hui et Demain,* qui ne puisse servir comme une arme d'attaque ou de défense contre les ennemis intérieurs et les plus dangereux de la patrie. Il n'y a pas un mot qui ne vienne en aide à la France. Ce livre est la preuve complète et parfaite de l'imbécillité de ceux qui voudraient tracer une frontière entre la fonction du poëte et celle du patriote. Bien qu'Auguste Vacquerie ait le droit de dire que ce livre suffit à la démonstration, nous espérons qu'il ne nous laissera pas longtemps sans nous fournir de nouvelles preuves de cette vérité qu'un vrai grand poëte peut en même temps être un grand patriote.